하나님이 사랑하시는 _____님께 드립니다.

집 나간 포도

집 나간 포도

초판 **1쇄 발행** 2023년 4월 25일
지은이 **홍경미**
펴낸이 **홍경미**
디자인 **이너스, 유재준**
펴낸곳 **도서출판 유월의샘**
문의 *thespringofjune@naver.com*
출판등록 제2021-000138호
ISBN 979-11-982616-1-8(03810)

글 • 그림 ⓒ 홍경미, 2023

집 나간 포도

글·그림 **홍경미**

유월의심

아버지께서 나를 사랑하신 것같이

나도 너희를 사랑하였으니

나의 사랑 안에 거하라

내가 아버지의 계명을 지켜 그의 사랑 안에

거하는 것같이 너희도 내 계명을 지키면

내 사랑 안에 거하리라

내가 이것을 너희에게 이름은

내 기쁨이 너희 안에 있어

너희 기쁨을 충만하게 하려 함이라

내 계명은 곧 내가 너희를 사랑한 것같이

너희도 서로 사랑하라 하는 이것이라

-요한복음 15장 9-12-

목차

프롤로그

여기는 한 집 건너 포도농사를 지을 정도로 포도나무가 잘 자라기로 유명한 으뜸 포도마을입니다.

으뜸 포도마을의 농부들은 질서정연하게 줄지어 선 포도나무들마다 통통한 포도송이들이 주렁주렁 매달린 모습을 보면서 큰 기쁨과 보람을 느꼈어요. 포도나무들이 탱탱하게 탄력 넘치는 포도를 낼 때는 농부들의 주머니도 두둑해져서 온 마을이 일 년 내내 잔치 분위기가 됩니다.

그런데 행여나 비가 너무 많이 오거나 가뭄이 들면 포도송이들이 작아지고 단맛이 떨어져 상품성이 없어 헐값에도 팔리지 않기 때문에 쓰레기로 버려질 때도 있어요.

으뜸 포도마을에는 포도나무들 중에서 가장 키가 크고 포도 열매도 가장 풍성하게 열려서 온 마을 사람들이 왕 포도나무라고 부르는 나무가 있습니다. 왕 포도나무는 누구의 소유도 아니었습니다. 포도마을이 시작되는 길목에 서 있어서 모든 사람들이 포도마을을 대표하는 상징적인 나무로 여겼습니다.

해마다 이 나무에서 열리는 포도송이는 다른 농부들이 온갖 정성을 다해 농사지어 열매 맺은 포도송이들보다 두 배는 더 탄력이 넘치고 맛이 있어서 모든 농부들의 탐심을 자극했어요. 그래서 밤이면 몰래 왕 포도나무의 포도송이를 따 가려고 들어간 사람이 역시 몰래 왕 포도나무의 포도송이를 따 가려고 온 또 다른 사람과 만나 싸움이 나기 일쑤였지요.

하도 왕 포도나무의 포도송이들을 탐내는 농부들이 많아 마을에 싸움이 그치지 않자 어느 날, 포도마을의 이장님이 지혜를 내서 농부들을 모아 놓고 결판을 내기로 했습니다.

장소는 언제나 그렇듯 왕 포도나무 앞이었습니다.

"자, 자, 우리 마을의 상징인 왕 포도나무가 너무 잘 자라서 좋은 열매를 맺다 보니 마을에 싸움이 끊이지 않아요. 그래서 말인데…… 이 나무에서 나는 포도송이들은 누구도 먹지 않고 눈으로 보기만 하면 어떻습니까?"

그랬더니 마을에서 제일 큰 포도 농장을 하는 부자 농부가 눈을 흘긴 채 비웃으며 말했습니다.

"아니, 이렇게 상품성이 좋은 포도를 그냥 바라보기만 하라고요? 에잇! 농담하지 마슈. 저걸 갖다 팔면 족히 두 배는 값을 쳐서 받을 수 있을 건데……. 이장님이란 분이 마을에 도움이 될 말씀을 하셔야지……."

이번엔 열심히 하는데 돈이 없어 농사짓기도 힘들다고 불평하는 가난한 농부가 말했습니다.

"저희는 사실…… 모두 알다시피 비료 살 돈도 별로 없고, 포도나무도 달랑 다섯 그루밖에 없어 먹고살기엔 빠듯해요. 그래서 말인데…… 저희 같은 농부들에게 왕 포도나무의 포도송이를 주어 판매하게 하면 어떻겠습니까?"

순간, 다른 농부들의 얼굴이 붉어지더니 입을 삐죽거리며 가난한 농부를 향해 쏘아 댔습니다.

"무슨 말 같지도 않은 소릴 하고 있어!"

"저 사람이 은근히 욕심이 많다니깐……."

어중간한 농사 경험에 어중간한 수의 포도나무를 갖고 있는 어중간한 형편의 농부가 붉게 달아오른 얼굴로 언성을 높였습니다.

"차라리 나무를 잘라 버립시다. 먹지도 못하고 갖지도 못할 바에야 눈앞에서 없애 버리자고요!"

그러자 모든 농부들이 입을 닫고 서로 눈치를 보기 시작했습니다. 부자 농부와 몇몇은 고개를 끄덕이며 침묵으로 동의했고, 가난한 농부는 너무 황당해서 입을 떡 벌리고 다물 줄 몰랐으며, 또 다른 몇몇 농부들은 그래도 그렇지 하는 표정으로 안타까운 듯 고개를 가로저었습니다.

드디어 가만히 듣고 있던 이장님이 입을 열었습니다.

"흠흠…… 예상한 대로 왕 포도나무에 대해 모든 사람들을 만족시켜 줄 좋은 결론을 내기는 힘들 것 같습니다. 그래서 내 생각엔……."

잠시 뜸을 들이며 모든 농부들의 눈을 천천히 응시하더니 계속 말을 이어 갔습니다.

"우리 마을의 왕 포도나무는…… 나보다 더 오래 살았어요. 모두 알다시피 우리 마을에서 가장 나이가 많은 건 난데, 내가 이 마을에 처음 들어왔을 때부터 있었거든요……. 흠흠…… 게다가 왕 포도나무는 어째서 비료도 주지 않고, 특별히 누가 관리해 주는 것도 아닌데 저렇게 튼실하게 좋은 열매를 맺으며 오래도록 살고 있는지 나도 당최 알 수 없단 말이오. 허허…… 해서!"

이장님은 마을의 어른답게 푸근하게 웃더니만 정색을 하고 다시 한번 농부들을 훑어보며 강한 어조로 말했습니다.

"해서! 왕 포도나무는 잘라 버려서도 안 되고! 누구의 소유가 되어서도 안 되고! 자연스럽게 떨어진 포도송이가 있으면 길고양이나 주인 없는 동물들이 먹게 내버려 둡시다! 이건 이 마을에서 가장 오래 산 사람이며, 여러분이 이장으로 뽑아 준 이 사람이 부탁하니 그렇게 하도록 합시다!"

부자 농부가 차라리 잘됐다는 투로 말했습니다.

"뭐, 그러시죠. 동물들도 먹고살아야죠. 허허…… 허허허허."

그러자, 가난한 농부가 억울한 듯 작은 소리로 "아, 동물들만큼이나 저도 힘든데요."라고 했다가 다른 농부들이 일제히 눈을 부릅뜨며 가난한 농부를 노려보는 통에 더 이상 말을 못하고 고개를 푹 숙이고 말았습니다.

얼굴의 붉은 기가 좀처럼 하얘지지 않는 어중간한 형편의 농부가 마지못해 동의를 했지만 협박하듯 말했습니다.

"이번엔 이장님 말씀대로 하지만요. 언제까지 이 좋은 열매들을 두고 보기만 할 순 없을 거라고요."

나머지 으뜸 포도마을의 농부들은 뭔가 할 말이 아직 남아 있는 표정으로 잠시 생각에 잠겨 있더니 못내 아쉬운 시선으로 왕 포도나무의 포도들을 바라보고 입맛을 다시며 하나둘씩 집으로 돌아갔습니다.

1. 세상에 나가고 싶은 포도송이들

한편 왕 포도나무의 포도송이들은 이장과 농부들이 하는 말을 다 듣고 말았습니다. 밤마다 농부들이 몰래 찾아와 포도송이를 따 가려고 할 때마다 가슴을 쓸어내렸던 포도송이들은 왕 포도나무를 잘라 버리자는 얘기를 들었을 땐 너무 놀라 껍질이 터져 버리는 줄 알았습니다.

맨 아래에서 열매 맺는 막내둥이는 한숨을 쉬며 힘없는 소리로 말했습니다.

"후유…… 죽는 줄 알았네. 인간들이 날 만지작거릴 때마다 내 심장이 저절로 작아진다니까요."

그러자 늘 낙관적인 넷째 포도가 말했어요.

"겁쟁이야, 넌 정말 소심하구나. 한두 번 당한 것도 아닌데 뭘 매번 그렇게 겁을 내니. 난 이번에도 이러고 끝날 줄 알았지."

언제나 생각이 많은 둘째 포도가 주의를 주듯 진지하게 이야기합니다.

"막내는 겁을 낼 만도 하지……. 걸핏하면 인간들이 와서 막내를 만지작거리니까 말이야. 왜 인간들은 탐이 나면 손으로 만지작거릴까."

항상 맨 위에서 제일 큰 몸집으로 열매를 맺는 맏언니 포도송이가 말했어요.

"쳇, 인간들이란…… 대체 자기들이 우리한테 뭘 해 줬다고 저렇게 우릴 소유하고 싶어 안달일까? 내가 너무 탐스러운 게 탈이야. 너희들이 봐도 그렇지 않니? 호호호."

늘 낙관적인 넷째가 맏언니를 비꼬는 건지 인정하는 건지 모를 톤으로 말을 받았습니다.

"그래…… 언니는 너무 탐스러워서 좋겠어."

갑자기 자기가 옳다 하는 셋째가 격앙된 목소리로 외칩니다.

"아니! 내가 못 가지니까 남도 못 가지게 우릴 잘라 버리자고? 이런…… 못된 인간들이 다 있나. 이런 못된 생각을 갖고 있으니 세상이 이 모양이지. 인간들은 어째서 만족을 모르고 계속 갖고 싶어 하는 거지? 내가 당장 이 인간들을!"

그때 부드러운 바람이 휘이익 불어와 포도 남매들을 감싸 안았습니다.

막내가 외쳤습니다.

"아버지다!"

한참을 재잘거리며 이야기하던 포도송이들이 동시에 입을 닫았습니다.

아버지가 말씀하셨습니다.

"너희들 표정이 왜 그러니?"

그러자 제일 걱정이 많은 막내가 작은 소리로 이야기했습니다.

"죄송해요, 아버지……. 저 사람들이 나타날 때마다, 나보다 큰 얼굴이 불쑥 나타나서 나를 만질 때마다 너무 무서워요. 저들이 소리칠 때마다 너무 무서워서 아버지가 함께 계신 것도 깜박 잊어버려요."

아버지는 부드러운 말투로 막내에게 말씀하셨습니다.

"아버지가 여기 있는데 뭐가 두려워서 그렇게 걱정을 하는 거니?"

그러자 자기가 옳다 하는 셋째가 불만 섞인 목소리로 말했습니다.

"막내를 뭐라고 할 것도 아닌 게…… 우린 너무 힘이 없다고요. 이렇게 한곳에 주렁주렁 매달려 있는데 저 인간들을 어떻게 당해 내느냐고요."

그러자 다른 형제들도 동요하는 듯 몸을 흔들며 속삭였습니다.

"맞아, 맞아."

"우린 힘도 없고, 도망갈 수도 없어."

아버지는 아까보다 더 부드럽게 포도송이들을 한 송이 한 송이 차례 대로 안아 주며 말했어요.

"얘들아, 나는 저들이 태어나기 전부터 있었단다. 나는 저들이 비료를 주지 않고, 저들의 노력을 일체 받지 않고도 너희들을 이 마을에서 가장 아름답고 건강하게 키우고 지켜 왔다. 눈 앞에 보이는 것에 마음을 빼앗기지 말고, 아버지가 함께 하고 있다는 것을 믿어야 해."

대부분의 포도송이들은 아버지의 말씀에 마음의 안정을 찾았지만, 자기가 옳다 하는 셋째는 이해할 수 없다는 듯 삐딱하게 말했습니다.

"좋은 말씀이신데…… 안 믿어지는 걸 어떻게 해요. 그냥 저 사람들보다 능력 없다는 걸 인정하시라고요. 아버지가 우리를 데리고 저 사람들로부터 멀리 도망가지도 못하잖아요. 저 사람들보다 오래 산 게 뭐가 자랑이에요? 저 사람들이 키우는 포도들은 자동차 타고 다들 밖에 나가는데 우리만 이게 뭐냐고요! 봄, 여름, 가을, 겨울 맨날 이 자리. 이젠 지겹다고요."

잠자코 듣고 있던 다른 포도들은 자기가 옳다 하는 셋째의 반항에 깜짝 놀랐지만 내심 공감을 하며 잠잠히 아버지의 눈치를 보고 있었습니다.

"후유……."

아버지는 아무 말 없이 한숨을 푹 쉬셨어요. 그때 잠자코 있던 홀쭉이 다섯째가 천진난만한 소리로 외쳤습니다.

"아버지, 저요! 전, 믿어요! 믿는다고요! 근데…… 지금 너무 목이 말라요. 오늘 태양 빛이 무척 강렬한 데다 저 인간들의 얘기에 너무 긴장해서 그런지 목이 타들어 가는 것 같아요."

탐스러운 몸매를 가진 맏이가 놀란 듯 말했습니다.

"어머, 아버지, 홀쭉이 다섯째가 더 홀쭉해졌어요."

갑자기 왕 포도나무에 달려 있던 포도송이들이 저마다 아우성치기 시작했습니다.

"그러고 보니 진짜 목말라."

"나도…… 목이 타들어 가는 것 같아요."

"어휴…… 목이 말라요, 아버지."

"나도…… 목말라서 탐스러웠던 얼굴이 좀 쭈글쭈글해진 것 같아요."

순간, 빗방울이 후드득 떨어지기 시작했습니다. 호들갑스럽게 목마름을 호소하던 포도송이들은 언제 마음 상한 일이 있었는지 잊어버린 표정으로 빗방울을 빨아들였어요. 달콤한 물이 갈증을 해소해 주자 오늘 있었던 모든 일이 생각나지 않을 만큼 행복해졌습니다.

그러나 아버지는 가만히 근심 어린 표정으로 자기가 옳다 하는 셋째를 바라보고 계셨습니다.

2. 와, 자유다

이윽고 밤이 되었습니다.

오랜만에 단비가 내려서인지 사람들도 동물들도 모두 일찍 잠자리에 들었나 봅니다.

간혹 날아다니는 벌레 소리가 크게 들릴 만큼 사방이 조용하고 칠흑같이 어두운 밤이었습니다.

온 천지가 고요하게 잠든 밤, 잠 못 들고 있는 포도송이들이 있었는데 바로, 자기가 옳다 하는 셋째와 겁이 많아 언제나 깊은 잠을 못 자는 막내였어요.

자기가 옳다 하는 셋째가 불만이 가득 쌓인 목소리로 혼잣말하듯 내뱉었습니다.

"세상은 변했어. 남들은 다 시대에 맞춰 달려가는데 나만 제자리야. 아, 답답해! 바깥세상은 신날 텐데……. 나도 밖에 나가면 저런 나쁜 인간들을 혼내 줄 수 있을 텐데……."

"밖은 더 무서울 수도 있어. 인간들이 꽉 잡고 있잖아."

잠이 안 와 깨어 있던 겁쟁이 막내가 엉겁결에 대꾸했습니다.

"앗, 깜짝이야. 넌 왜 안 자고 있어? 내 얘기 다 들은 거야?"

"응."

막내는 사람들 손이 닿는 위치에 달려 있어 언제나 마음이 불안했습니다. 그래서 늘 깊은 잠에 들지 못하고 불면의 밤을 보낼 때가 많았지요.

이날도 잠이 안 와 뒤척이고 있을 즈음 자기가 옳다 하는 셋째가 혼잣말하는 것을 듣자 자신들의 신세가 안됐다는 생각이 들어 우울해졌습니다.

"하긴…… 이렇게 꼼짝 못 하고 이 자리를 지키다가 어느 날 밤에 어떤 나쁜 놈 손에 따 먹힐 수도 있지. 그 생각만 하면 눈물이 나……. 나는 왜 이 자리에 있는 거지? 맏언니가 부러워. 맏언니는 젤 위에 있으면서 몸매도 탐스럽고 좋은 건 다 가졌잖아. 왜 나만 이런 자리에 있어서 더 힘드냐고……."

그러자 자기가 옳다 하는 셋째가 퉁명스럽게 말했습니다.

"부럽긴 뭐가 부러워. 불평등한 거지. 아버지는 맏언니를 편애하는 거야. 안 그럼, 너를 저 윗자리에 있게 해야지. 안 그래?"

막내는 한 번도 그렇게 생각해 본 적이 없는데 자기가 옳다 하는 셋째가 그렇게 얘기하자 맞는 것 같아 맞장구를 쳤습니다.

"맞아, 맞아. 이건 불평등해!"

그러자 자기가 옳다 하는 셋째가 틈새를 놓치지 않고 숨죽여 말했습니다.

"우리 같이 나갈래?"

겁쟁이 막내는 평소 같지 않게 흥분이 되어 일 초도 생각하지 않고 힘차게 대답했습니다.

"좋아!"

"쉿!"

막내가 신나서 목소리를 높이자 자기가 옳다 하는 셋째가 얼른 주의를 주었습니다. 순간 다시 정적이 흘렀습니다.

자기가 옳다 하는 셋째와 겁쟁이 막내는 다른 형제들과 아버지가 자신들의 말소리를 들었을까 봐 조심스럽게 눈치를 보는데 여전히 고요함만 흘렀습니다. 모두들 깊은 잠에 빠졌나 봅니다.

자기가 옳다 하는 셋째가 나지막한 목소리로 겁쟁이 막내에게 말했습니다.

"몸을 흔들어. 그럼 땅으로 떨어질 거야."

자기 확신에 차서 먼저 몸을 흔들기 시작하는 셋째를 보며 겁쟁이 막내도 용기를 내어 몸을 흔들었습니다.

아버지가 눈치챌까 봐 흔들다 쉬고, 흔들다 쉬기를 반복하다 기운이 빠질 무렵, 툭 하고 가지에서 몸이 떨어졌습니다.

자기가 옳다 하는 셋째가 먼저 땅에 떨어졌습니다. 그리고 잠시 후에 겁쟁이 막내가 땅에 떨어져 뒹굴었습니다.

"아얏, 아파."

자기가 옳다 하는 셋째가 말했습니다.

"아, 홀가분하다! 이거였어! 이게 자유로구나!"

겁쟁이 막내도 따라서 외쳤습니다.

"우아, 이게 자유로구나!"

자기가 옳다 하는 셋째는 몸을 바짝 땅에 붙이고 굴러가기 시작했습니다. 겁쟁이 막내도 어디서 그런 용기가 났는지 따라서 굴러가기 시작했습니다. 거친 땅바닥이 몹시 아프다는 느낌이 들어 잠깐 후회하는 마음이 들었지만 자기가 옳다 하는 셋째가 저만치 굴러가고 있어 얼른 따라서 구르기 시작했습니다.

그렇게 무작정 굴러가던 자기가 옳다 하는 셋째가 갑자기 멈추었습니다. 온통 칠흑같이 어두운 밤인데 목적지도 없이 굴러가다가는 어디로 가는지 알 수 없겠다 싶은 생각이 들던 거죠. 그리고 돌아보니 겁쟁이 막내가 보이지 않았습니다.

"아이참, 막내가 못 쫓아오는 건가⋯⋯. 그냥 나 혼자 나올

걸……."

자기가 옳다 하는 셋째는 겁쟁이 막내 때문에 시간이 지체되는 것이 짜증이 났지만 일단 숨죽여 막내를 불렀습니다.

"막내야, 겁쟁이 막내야…… 오고 있는 거야?"

아무 소리도 들리지 않자 초조한 마음으로 어둠을 노려보며 다시 겁쟁이 막내를 불렀습니다. 순간, 어둠 사이로 가녀린 소리가 들려왔습니다.

"아…… 아파서 못 가겠어. 난 틀렸어……. 난 너무 약해 빠져서……. 흑흑."

자기가 옳다 하는 셋째는 여기서 지체하다 아버지에게 들킬까 봐 걱정도 되고, 혹시나 바깥세상으로 나가는 게 실패로 돌아갈까 봐 화가 났습니다.

"에잇, 그냥 나 혼자 갈걸. 겁쟁이야, 너, 자신 없으면 귀찮게 하지 말고 다시 돌아가!"

그랬더니, 겁쟁이 막내가 훌쩍거리며 말했습니다.

"흑흑…… 무서워……. 나 혼자 어떻게 가란 말이야. 이렇게 어두운데…… 어디로 가란 말이냐고……. 흑흑…… 아버지."

자기가 옳다 하는 셋째가 봐도 자기들이 어느 방향에서부터 굴러왔는지 종잡을 수 없었습니다. 깊은 밤중이었으니까요. 게다가 오늘은 달빛도 구름에 가려 어둠이 더욱 깊어 보였거든요.

자기가 옳다 하는 셋째가 겁쟁이 막내의 울먹이는 소리가 나는 쪽으로 몸을 굴려 다가갔습니다. 가서 보니 울고 있는 겁쟁이 막내는 벌써 여기저기 상처가 나서 며칠은 굴러다닌 것처럼 볼품이 없었습니다. 자기가 옳다 하는 셋째는 날이 새기 전에 아버지와 형제들이 있는 포도마을에서 한참 멀어지길 원했지만 겁쟁이 막내 때문에 이대로 어둠 속을 굴러간다는 것은 무리라고 생각했습니다.

주변을 둘러보니 작은 트럭 2대가 나란히 서 있는 것이 보였습니다. 순간, 저걸 타고 이동하는 것이 훨씬 낫겠다는 생각이 들어, 자기가 옳다 하는 셋째가 조용하지만 확신에 찬 목소리로 말했습니다.

"겁쟁이야, 네 꼴을 보니 오늘 밤에 우리 힘으로 바깥세상에 나가는 건 힘들겠어. 저 파란색 트럭을 타자. 저 트럭에 묻어 가는 거야. 차비도 없는데 잘됐지 뭐냐. 우리도 긴 여행을 가야 하니 일단 저 트럭에 타서 눈 좀 붙이자."

그렇게 자기가 옳다 하는 셋째와 겁쟁이 막내는 파란색 미니 트럭의 짐칸까지 올라가려고 했지만, 포도들에게는 너무 높았습니다. 그래서 자동차 바퀴살에 올라탔습니다.

거기에 앉아서 가면 트럭이 멈출 때 내려오면 되겠다 싶었지요.

"자, 막내야, 아침이 올 때까지 좀 자 둬. 아, 역시 세상의 공기는 자유롭고 좋구나!"

자기가 옳다 하는 셋째는 잔뜩 호기롭게 큰소리를 치며 트럭의 바퀴살 위에 자리를 잡고 누웠습니다. 겁쟁이 막내는 자기가 옳다 하는 셋째의 자신만만한 모습이 무척 부러웠습니다. 마치 세상 경험을 많이 해 본 것처럼 전혀 두려워하지 않는 모습이 우러러 보였습니다. 그러나 겁쟁이 막내의 마음은 무겁기만 했습니다. 자유로운 기분은 아까 왕 포도나무 가지에서 떨어졌을 때 잠깐뿐이었고, 이후로는 내내 후회하는 마음이 컸습니다.

게다가 거친 땅바닥과 굵은 돌멩이들에 부딪쳐 온몸이 욱신거리며 아파 왔습니다. 자기가 옳다 하는 셋째는 벌써 잠이 들었는지 숨소리만 들려왔습니다. 이젠 혼자서 돌아가지도 못하는 처지가 되었다고 생각하니 잠도 올 것 같지 않았습니다.

겁쟁이 막내가 한숨을 쉬며 하늘을 쳐다보니 구름 사이로 둥근달이 푸근하게 내려다보고 있었습니다.

"아버지…… 보고 싶어요."

3. 길고양이를 만나다

"부릉부릉!"

"저벅저벅!"

자동차 시동 켜는 소리와 사람들이 왔다 갔다 걸어 다니는 투박한 발소리에 깜짝 놀라 눈을 떴습니다. 자기가 옳다 하는 셋째 역시 잠이 오지 않아 뒤척이다 잠깐 잠이 들었나 봅니다. 자기가 옳다 하는 셋째가 눈을 떴는데 자기 앞에 누워 있던 겁쟁이 막내가 보이지 않아 깜짝 놀랐습니다. 주변을 둘러보니 땅바닥에 떨어져 자고 있었습니다.

"야, 겁쟁이야, 얼른 일어나. 빨리."

막 깨어난 겁쟁이 막내와 눈이 마주치자마자 타고 있던 트럭의 바퀴가 움직이려는 기미가 느껴졌습니다.

"막내야, 얼른 올라와! 빨리 타!"

겁쟁이 막내는 지난밤에 보여 주었던 어리바리한 모습과는 다르게 자기가 옳다 하는 셋째의 다급한 외침에 재빠르게 바퀴로 올라탔습니다. 급한 상황이 되면 평소와 다른 반응이 나오나 봐요.

　트럭의 바퀴가 서서히 움직이더니 빠르게 돌아가기 시작했습니다. 바퀴는 숨쉬기가 힘들 정도로 빠르게 돌아갔습니다. 세상 구경은커녕 바퀴에서 떨어져 나가지 않기 위해 온 힘을 다해 바퀴에 몸을 붙여야 했습니다.

　자기가 옳다 하는 셋째가 소리쳤습니다.

　"겁쟁이야, 죽을힘을 다해 붙들어. 여기서 떨어지면 그냥 죽는 거야."

　겁쟁이 막내는 빠르게 돌아가는 바퀴 틈에서 눈이 돌아갈 것 같아 소리를 낼 수도, 뭔가 다른 생각을 할 수도 없는 지경이었습니다.

　그렇게 얼마나 갔을까. 몸에서 힘이 다 빠지고 어지러워서 이젠 더 못 버티겠다는 생각이 들 때쯤 빠르게 달리던 트럭이 마침내 멈춰 섰습니다.

　트럭이 멈추자마자 자기가 옳다 하는 셋째와 겁쟁이 막내가 동시에 땅에 떨어졌습니다. 땅에 떨어진 채로 가만히 누워 눈을 감고 가쁜 숨을 내쉬었습니다. 하늘이 팽이처럼 돌고 몸도 따라서 공중에 붕 떠서 뱅글뱅글 돌고 있는 기분이 들었습니다. 자기가 옳다 하는 셋째가 심한 어지러움 때문에 아무 말도 못 하고 한참 누워 있더니 갑자기 생각난 듯 외쳤습니다.

"겁쟁이야, 거기 있니?"

몇 초가 지난 후에 다 죽어 가는 소리로 겁쟁이 막내가 말했습니다.

"응……. 나, 여기 있어."

"후유……."

자기가 옳다 하는 셋째의 입에서 안도의 한숨이 흘러나왔습니다.

파란 트럭이 워낙 빠르게 달리다 보니 달리는 속도 때문에 떨어져 죽거나, 어지러워 죽는 줄 알았는데 그래도 살았다는 것에 감사한 마음이 들었어요. 살았단 생각에 긴장이 풀리려는 순간, 트럭이 다시 움직이려고 하자 얼른 바퀴 밖으로 몸을 굴려 빠져나왔습니다.

낯선 이곳은 의외로 사람들의 소리는 들리지 않고 기러기들이 날아다니며 내는 소리 외엔 조용한 마을이었어요. 갑자기 겁쟁이 막내가 캑캑거리더니 더듬더듬 말했습니다. 얼굴이 몹시 창백했습니다.

"나…… 목이…… 너무…… 말라……. 물…… 물 좀 먹고 싶어."

그리고 보니 자기가 옳다 하는 셋째도 목이 타들어 가는 것만 같았습니다. 오랜 시간 긴장했던 터라 이제야 목도 마르고 온몸이 메말라 가는 것 같다는 느낌을 받은 것입니다. 주변을 둘러보니 10미터쯤 떨어진 바닥에서 뭔가가 반짝거리고 있었습니다. 햇빛을 받아 표면이 투명하게 일렁이면서 약하게나마 빛을 반사하고 있는 것이 물처럼 보였습니다.

반가운 마음에 자기가 옳다 하는 셋째가 소리쳤습니다.

"물이다. 물이야!"

자기가 옳다 하는 셋째가 얼른 굴러가기 시작했습니다. 물이란 소리에 겁쟁이 막내도 온 힘을 다해 굴러서 따라갔습니다. 둘은 누가 먼저랄 것도 없이 빛을 받아 투명하게 일렁이는 것에 몸을 던져 뒹굴었습니다. 메말랐던 몸에 촉촉한 것이 닿으니 살 것 같았습니다. 그런데 몇 번을 뒹굴다 먹어 보니 역겨운 맛과 냄새가 나서 토할 것만 같았습니다.

겁쟁이 막내가 몹시 괴로운 듯 얼굴을 일그러트렸습니다.

"우웩! 이게 뭐야. 이상한데…… 물이 아닌가 봐."

자기가 옳다 하는 셋째도 물이 아닌 다른 것 같다는 생각이 들었지만 자존심이 상해서 겁쟁이 막내에게 화를 냈습니다.

"물이야. 물이라고! 바보 겁쟁이야!"

겁쟁이 막내가 기어 들어가지만 확신에 찬 목소리로 말했습니다.

"아니야. 이건 물이 아니야. 물은…… 아버지가 주셨던 물은 맛있었어. 냄새도 나지 않았단 말이야."

자기가 옳다 하는 셋째도 겁쟁이 막내가 하는 말이 옳다는 걸 알면서도 그런 물을 먹을 수 없고 구할 수 없기에 더욱 화가 나 소리 질렀습니다.

"내가 물이라고 하잖아! 맨날 아버지 물만 먹으려면 가라고. 돌아가란 말이야! 에잇, 바보 멍청이 겁쟁이야."

그때였습니다. 갑자기 커다랗고 음흉한 그림자가 둘 위로 성큼 다가왔습니다. 싸우느라 정신없던 둘이 깜짝 놀라 위를 쳐다보니 커다란 고양이 한 마리가 혀를 날름거리고 입맛을 다시며 내려다보고 있었습니다.

볼과 얼굴이 두둑하게 살이 찌고 체격이 큰 길고양이는 며칠 동안 맛있는 걸 먹지 못해서 무료하던 참에 눈앞에 있는 포도를 보자 눈에 생기가 돌았습니다.

겁쟁이 막내가 왕 포도나무에 달려 있을 때 고양이들이 왔다 갔다 하며 빠르게 먹이를 낚아채거나 그것도 모자라 왕 포도나무 위로 올라와 가지 사이로 날카로운 발톱을 내밀어 포도를 먹으려고 할 때마다 얼마나 무섭고 두려웠는지 모릅니다.

물론 왕 포도나무는 아버지가 지켜 주어서 누구도 건드릴 수 없었지만, 고양이가 보여 준 날렵한 포식자의 모습은 포도 마을 농부들보다도 무섭게 보였어요.

그런데 그 무서운 고양이가 바로 코앞에, 아니 머리 위에서 내려다보며 군침을 삼키고 있는 것이었습니다. 순간 겁쟁이 막내는 눈을 감고 기도했습니다.

"아버지, 도와주세요. 아버지, 우린 아버지께로 돌아갈 수 없어요. 이대로 죽으려나 봐요. 아버지…… 사랑했어요."

자기가 옳다 하는 셋째도 겁이 나긴 마찬가지였지만 겁쟁이 막내 옆에서 겁에 질려 떠는 모습을 보이긴 싫어 더듬거리며 호통을 쳤습니다.

"야! 고……양……아, 저리……가……지 못해?"

포도마을에서 길고양이를 쫓아낼 때 사람들이 이렇게 얘기하는 것을 듣곤 했습니다.

"야, 이놈, 고양아, 저리 가지 못 해!"라고 말이죠.

그런데 자기가 옳다 하는 셋째는 누가 봐도 겁이 잔뜩 들어 있다는 것을 알 수 있을 만큼 벌벌 떨고 있었습니다. 그러니 고양이 눈엔 얼마나 가소롭게 보였겠어요.

고양이는 아주 흥미로운 먹잇감을 만나 신이 난 듯 웃으며 한쪽 발로 자기가 옳다 하는 셋째를 툭툭 건드렸습니다.

"아얏!"

가뜩이나 물인 듯 물 같지 않은 액체에 몸이 젖은 후부터 쓰라리기 시작했는데 고양이가 발톱으로 젖은 몸을 건드리자 찢어질 듯 따가웠습니다. 음흉한 표정의 고양이는 자기가 옳다 하는 셋째가 아파서 움츠러드는 모양이 재미있는지 이번엔 또 하나의 먹잇감인 겁쟁이 막내를 건드리려고 한 발을 들었습니다. 그때 또 다른 커다란 그림자가 나타났습니다.

멍멍!

이번엔 강아지였습니다. 동네를 떠돌아다니는 누런 강아지가 나타나자 자기가 옳다 하는 셋째와 겁쟁이 막내가 먹고 뒹굴었던 액체에서 나던 바로 그 역겨운 냄새가 진하게 풍겼습니다. 그것은 바로 개 오줌이었던 것입니다.

자기가 옳다 하는 셋째와 겁쟁이 막내는 속이 메스껍다고 느낄 새도 없이 꼼짝없이 죽었다는 생각에 온몸이 덜덜 떨려왔습니다.

마침 흥미로운 먹잇감을 앞에 두고 기분이 좋았던 고양이는 누런 강아지가 나타나 으르렁 대자 자신의 놀잇감을 빼앗길까 봐 자기도 지지 않고 앙칼진 소리를 지르기 시작했습니다.

야아옹!

누가 먼저랄 것도 없이 이빨을 드러낸 누런 강아지와 날카롭게 빈틈을 노린 고양이가 서로를 향해 동시에 달려들었습니다.

순간 자기가 옳다 하는 셋째가 "굴러!" 하고 외치며 겁쟁이 막내를 잡아당겨 구르기 시작했습니다. 위협적인 동물들의 등장에 넋이 나가 있던 겁쟁이 막내도 있는 힘껏 구르기 시작했습니다.

　얼마나 굴렀을까……. 몸에 묻은 개 오줌 냄새가 나지 않을 때쯤 둘은 멈췄습니다. 실은 힘이 빠져 멈춘 것이기도 합니다.

　'아, 살았다!'

　둘은 누가 먼저랄 것도 없이 서로를 쳐다보며 웃었습니다. 자기들보다 백 배는 더 크고 무서운 고양이와 강아지를 만났는데 죽지 않고 살았다는 생각에 힘든 것도 잊어버리고 유쾌하게 웃었습니다. 그런데 곧 서로의 마르고 쪼그라든 모양새를 보고는 바로 웃음이 사라졌습니다.

　자기가 옳다 하는 셋째가 아무렇지 않다는 듯 농담을 던졌습니다.

　"야, 겁쟁이 너, 물에 빠진 생쥐 꼴이로구나."

겁쟁이 막내는 하나도 웃기지 않았습니다. 왜냐하면 자기가 옳다 하는 셋째도 볼품없는 건 마찬가지였거든요.

"쳇, 너는 더한걸. 넌 꼭 하수구에 버려진 포도 쓰레기 같다고."

그러자 자기가 옳다 하는 셋째는 화가 났습니다.

"뭐야? 하수구에 버려진 포도 쓰레기? 이게 진짜…… 너 한 번 맞아 볼래?"

하며 겁쟁이 막내를 때리려고 하는데 겁쟁이 막내의 꼴이 너무 상하고 말라 있어서 때리려고 하던 손에서 힘이 빠져 버렸습니다. 왕 포도나무를 떠난 지 하루도 되지 않았는데 둘의 모양은 말할 수 없이 초췌해져 있었습니다. 둘은 아무 말 없이 바닥에 누웠습니다.

하늘엔 구름들이 포도송이처럼 뭉글뭉글 떠 있는데 포도마을 이장님 댁에서 자라는 청포도 같다는 생각이 들어 눈물이 났습니다.

"흑흑…… 아버지 집에 가고 싶어."

겁쟁이 막내가 흐느끼며 울자 자기가 옳다 하는 셋째도 따라서 마음이 울적해졌습니다. 하지만 자신이 선택한 것이 옳다는 것을 꼭 겁쟁이 막내에게 보여 주고 싶다는 생각에 입술을 깨물며 절대로 후회하거나 그리워하지 않겠다고 다짐했습니다.

"지금 네가 그 꼴을 하고 돌아가면 아버지가 꽤나 잘했다고 반겨 주시겠다……. 다시 쫓아내실지도 몰라."

자기가 옳다 하는 셋째는 겁쟁이 막내가 당장 돌아가 버릴까 싶어 빈정거리며 겁을 주었습니다. 아무리 겁쟁이 막내가 힘이 되지 않아도 혼자보다는 둘이 나으니까요. 그런데 자기가 옳다 하는 셋째가 빈정거리며 겁을 주는데도 아랑곳하지 않고 겁쟁이 막내가 대답했습니다.

"아냐, 아버지가 늘 그러셨어……. '내게 붙어 있어라. 나를 떠나선 살 수 없다. 내게 붙어 있어야 살 수 있다. 두려워하지 말고 염려하지 말고 나를 믿고 내 안에 있어라. 내가 너에게 평안을 줄 것이야.'라고 했단 말이야."

자기가 옳다 하는 셋째도 아버지가 늘 말씀하셨던 것을 기억합니다. 하지만 지금은 인정하기 싫었습니다. 왜냐하면…… 자존심이 상하니까요. 자존심이 왜 상한 거냐고 물어본다면 딱히 할 말은 없지만 그냥 자존심이 상해서 아직 아버지에게로 돌아가고 싶은 마음은 없었습니다.

"아, 목마르고 배고파……."

아버지 집에 돌아가고 싶다며 훌쩍거리던 겁쟁이 막내가 갑자기 배고프다는 이야기를 꺼냈습니다. 자기가 옳다 하는 셋째 역시 목이 마르고 배가 고팠지만 참는 반면에 겁쟁이 막내는 생각나는 대로 다 말을 합니다. 그런 겁쟁이 막내가 부럽다는 생각도 들었습니다.

해가 중천에 떠오르면서 점점 더 목이 말라 왔습니다. 목구멍이 달라붙고 몸이 땅바닥에 닿을 때마다 따끔거렸습니다.

이렇게 물을 마시지 못하면 죽을지도 모르겠단 생각이 들 때쯤, 어디선가 어마어마한 바람 소리와 함께 철썩거리는 소리가 들려왔습니다.

이윽고 어린 여자아이가 까르르 웃으며 "바다다!" 하고 외치는 소리가 들렸습니다.

바다?

자기가 옳다 하는 셋째는 아버지가 바다에 대해 이야기해 주었던 것이 떠올랐습니다.

"바다라는 게 있단다. 바다는 이쪽 끝에서 저쪽 끝까지 다 물로 채워져 있는 곳이야. 그곳에는 크고 작은 물고기들이 살고, 바다 식물들도 살고 있지."

순간 물로 채워져 있는 곳이란 말이 생각이 나서 얼른 누워 있는 겁쟁이 막내에게 소리쳤습니다.

"일어나, 막내야. 눈 좀 떠 봐. 겁쟁이야, 바다가 있어. 물이 있다고……."

겁쟁이 막내는 물이란 소리에 눈을 번쩍 떴습니다. 그리고 자기가 옳다 하는 셋째를 바라봤습니다. 그의 눈도 반짝이고 있었습니다.

"물이 이 끝에서 저 끝까지 있는 바다가 저기 있대. 너, 굴러 갈 수 있지? 거기까지 가면 우린 살 수 있어! 자, 이제 조금만 힘을 내서 굴러가는 거야."

말을 마치자마자 자기가 옳다 하는 셋째가 바다 쪽으로 굴러가기 시작했습니다. 겁쟁이 막내는 정말 힘이 남아 있지 않았지만 물을 마실 수 있다는 말에 힘을 다해 구르기 시작했습니다.

4. 처음 본 바다에서

물이 이 끝에서 저 끝까지 넘쳐 나는 바다라는 곳은 정말 넓었습니다. 왕 포도나무에서 바라보던 풍경에 비하면 너무나도 거대한 세상이었습니다. 엄청난 양의 물이 넘실대는 풍경은 정말이지 충격적이기까지 했습니다. 게다가 넘쳐 나는 물가까지 가려면 모래사장을 지나야 했는데 모두 알다시피 사람이 걸을 때도 푹푹 들어가는 곳이 모래사장이잖아요.

　자기가 옳다 하는 셋째와 겁쟁이 막내는 물을 마실 수 있단 생각에 힘차게 모래사장에 몸을 던졌습니다. 하지만 지금까지 굴렀던 땅과 달리 몸을 굴릴 때마다 앞으로 나아가기는커녕 자꾸 모래 속으로 몸이 파묻히는 듯했습니다.

　모래사장은 거칠지 않고 부드러운데 한 번 들어가면 빠져나오기가 너무 힘든 이상한 느낌의 땅이었습니다. 구르는 게 힘에 겨웠지만 바다를 향해 굴러갈수록 바람은 시원해지고 파도 소리는 요란해졌습니다.

　파도가 엄청난 양의 바람을 몰고 육지를 향해 헤엄쳐 오면서 철썩철썩 큰 소리를 질렀습니다.

입술은 바싹 타들어 가고 온몸은 모래로 뒤덮여 무겁고 답답한 느낌이 들었습니다. 그래도 물이 바로 앞에 있다는 생각으로 힘을 내어 굴렀습니다.

이윽고 파도치는 모습이 코앞에 보여 몸이 움츠러들 만큼 바다 가까이 가자, 모래 바닥이 차가워지더니 갑자기 축축한 기운이 온몸을 감싸 안았습니다.

어린아이가 모래사장에서 소리를 지르며 뛰어다니고 있었습니다. 그 옆에 야구 모자를 쓴 아버지가 서서 아이가 행여나 넘어질까 지켜보다 파도가 아이를 쫓아오면 얼른 아이를 붙들어 안아 올렸습니다.

그 모습을 본 겁쟁이 막내는 갑자기 아버지가 그리워져서 자기도 얼른 바닷물 쪽으로 몸을 굴렸습니다. 그러자 자기가 옳다 하는 셋째가 다급하게 소리쳤습니다.

"안 돼! 파도가 온단 말이야."

말이 채 끝나기도 전에 파도가 덮쳤습니다. 자기가 옳다 하는 셋째는 얼른 모래를 비집고 들어가 파도의 공격을 피했습니다. 파도는 심술궂게 두 번 세 번 연거푸 덮쳐 와 정신을 못 차리게 했습니다. 한동안 거칠게 몰려왔던 파도가 밀려 나가고 잠잠해지자 고개를 들어 겁쟁이 막내를 찾았습니다.

"막내야…… 겁쟁이야…… 막내야, 어디 있어…….."

주위에서는 파도를 피하고 나서 재미있다고 웃는 어린아이의 웃음소리만 들릴 뿐 겁쟁이 막내의 모습은 보이지 않고, 소리도 들리지 않았습니다.

자기가 옳다 하는 셋째는 겁쟁이 막내가 파도에 휩쓸려 간 것 같아 앞이 캄캄해졌습니다.

"막내야…… 장난하지 마……. 어디에 숨은 거야. 막내야…… 빨리 대답 해……. 어딜 간 거야."

또다시 파도가 몰려오고 있었습니다. 얼른 자기가 옳다 하는 셋째는 파도를 피해 뒤로 굴러갔습니다. 이번에도 파도는 거칠게 두세 번 몰아치더니 물러갔습니다.

주변을 둘러보니 파도가 모래사장 위를 청소한 것처럼 말끔했습니다.

막내의 흔적까지 사라진 깨끗한 모래사장을 보며 자기가 옳다 하는 셋째는 마침내 눈물을 터뜨리고 말았습니다.

"흑흑…… 어딜 간 거야. 나 때문에 네가……. 흑흑."

겁쟁이 막내가 눈앞에서 사라지자 갑자기 두려움이 몰려왔습니다. 이제 혼자가 되었다고 생각하니 그나마 남아 있던 힘도 빠져나가는 듯했습니다.

'왜 강아지 오줌을 먹었을 때 다시 포도마을 트럭을 타고 돌아갈 생각을 하지 않았을까. 왜 그 아름답고 편안했던 왕 포도나무를 떠났을까. 왜 아버지에게 늘 한곳에 가만히 있기만 하느냐고, 아버지는 겁쟁이라고, 무능하다고 대들었을까.'

세상이 어떤 곳인지도 모르면서 철없이 아버지 앞에서 까불었던 자신이 부끄러웠습니다.

절망과 후회가 파도처럼 몰려왔습니다. 이쪽 끝에서 저쪽 끝까지 물로 채워져 있는 바다라고 부르는 그곳에서 자기가 옳다 하는 셋째는 더욱 목이 말라 왔습니다. 이젠 숨을 쉴 때마다 목구멍이 말라 소리를 내기도 힘들었습니다.

자기가 옳다 하는 셋째는 파도가 남기고 간 포말에 젖은 몸을 살짝 핥았습니다. 바닷물은 짰습니다. 자기가 옳다 하는 셋째는 몸을 부르르 떨었습니다. 바닷물이 짜다는 것을 느끼는 순간 온몸이 소금에 절인 것처럼 쓰라렸고, 온몸의 껍질과 살은 더 쭈글쭈글했습니다. 갈증을 풀어 주기는커녕 오히려 목구멍이 타들어 가는 것처럼 따가웠습니다.

자기가 옳다 하는 셋째는 희망을 잃고 그대로 모래 위에 누워 버렸습니다. 원망스러운 파도는 자기가 옳다 하는 셋째를 약 올리듯 더 큰 소리를 내며 계속 들어오고 나가기를 반복합니다. 자기가 옳다 하는 셋째는 이대로 그냥 죽는가 보다 생각하며 눈을 감았습니다.

"네 아버지 집에 거할 곳이 많다. 내게로 돌아와라. 염려하지 말고 내게로 돌아와라. 나의 사랑을 기억해라. 내가 너희를 어떻게 사랑했는지 기억해라. 그리고 서로 사랑해라. 내가 너희를 사랑한 것처럼 너희도 서로 사랑해야 한다."

잠이 든 것인지 죽은 것인지 알 수 없는 느낌으로 아버지의 음성을 들었습니다.

아버지?

자기가 옳다 하는 셋째는 아버지를 부르며 반가움에 눈을 떴지만 여전히 바다만 보였습니다. 실망이 더 깊은 절망으로 바뀌려고 할 때 아주 가느다랗게 귀에 익은 소리가 들려왔습니다.

"나 좀…… 나 좀 꺼내 줘……."

겁쟁이 막내였습니다.

"막내야?"

자기가 옳다 하는 셋째는 얼른 몸을 이리 굴렸다, 저리 굴렸다 하면서 겁쟁이 막내를 찾았습니다.

"겁쟁이야, 막내야, 어디 있는 거니? 너, 살아 있는 거 맞지?"

약간 울리는 목소리로 겁쟁이 막내가 대답했습니다.

"응, 나 살아 있어. 그런데…… 날 좀 꺼내 줘……. 몸이 움직이지 않아."

살아 있다는 겁쟁이 막내의 말에 자기가 옳다 하는 셋째는 힘이 솟았습니다. 죽은 동생이 다시 태어난 것처럼 심장이 콩닥콩닥 뛰기 시작했습니다. 자기가 옳다 하는 셋째는 겁쟁이 막내의 소리가 들리는 곳을 향해 몸을 굴렸습니다. 그런데 어디서도 막내의 모습은 보이지 않았습니다.

"막내야, 어디 있는 거야……. 네가 보이지 않아……."

자기가 옳다 하는 셋째가 울먹이며 외쳤습니다. 그랬더니 겁쟁이 막내가 대답했습니다.

"여기야, 여기. 오른쪽을 봐 봐. 소라 껍데기 안에 있어."

자기가 옳다 하는 셋째가 옆을 보니 정말 자기 몸의 세 배는 될 법한 큰 소라가 있었습니다. 가까이 가서 들여다보니 겁쟁이 막내의 몸의 일부가 소라의 입구에 박혀 들어가 빠져나오지 못하고 있었습니다.

"막내야, 여기 있었구나!"

막내가 살아 있다는 걸 확인하자 기쁜 마음에 자기가 옳다 하는 셋째가 자신 있게 외쳤습니다.

"겁쟁이 막내야, 내가 빼내 줄게. 조금만 기다려!"

자기가 옳다 하는 셋째는 다짜고짜 몸을 굴려 소라에 부딪쳤습니다. 소라는 입구가 들린 채로 푹신한 모래에 제법 깊이 박혀 있었는데, 아마도 막내가 파도에 휩쓸려 소라 껍데기 안으로 들어가 버린 모양이었습니다. 막내는 스스로 빠져나오려고 힘을 쓸수록 몸통이 떨어져 나갈 것만 같아 다시 소라 속으로 기어 들어가길 반복하다 보니 기운이 다 떨어져 버렸습니다.

자기가 옳다 하는 셋째가 다시 힘을 다해 모래에 박혀 있는 소라의 몸통을 들이받았습니다. 자기가 옳다 하는 셋째의 살점이 뜯겨져 나가는 듯했습니다. 그런데도 소라는 꿈쩍도 하지 않을뿐더러 오히려 자기가 옳다 하는 셋째가 건드리는 바람에 모래 속으로 더 깊이 들어간 듯 보였습니다.

자기가 옳다 하는 셋째는 기진맥진했지만 애써 희망에 찬 목소리로 말했습니다.

"겁쟁이 막내야, 조금만 기다려 봐……. 내가 너무 힘을 써서…… 지금 잠깐 쉬고 있는 중이야……. 힘들어도 조금만 참아……. 곧 꺼내 줄게."

그러자 겁쟁이 막내가 힘없이 중얼거렸습니다.

"미안해, 나 때문에……. 난 왜 맨날 걱정을 하게 만들까……. 난 왜 이렇게 사고뭉치에 약해 빠졌을까?"

자기가 옳다 하는 셋째는 낙심한 겁쟁이 막내를 위해 자상한 목소리로 말했습니다.

"아냐. 네 탓이 아냐. 모두 나 때문이야. 내가 집을 나가자고 하지만 않았어도……. 널 이렇게 만든 건 나야. 미안해…… 막내야."

막내는 아무 말이 없었습니다. 자기가 옳다 하는 셋째의 입에선 길고 깊은 한숨이 흘러나왔습니다.

"흐음……."

조금 전까지만 해도 온 바다가 제 것인 양 소리 지르며 뛰어놀던 어린아이와 부모는 그새 집으로 돌아갔는지 모래사장은 비어 있었고 파도의 철썩거리는 소리만 무정하게 들렸습니다.

'사람들처럼 내게 손이라도 달렸다면…… 겁쟁이 막내를 소라에서 꺼내는 건 무척 쉬웠을 텐데.'

사람도 보이지 않고 오직 성내는 파도 소리와 감당할 수 없이 크고 넓은 바다만 있는 곳에서 자기가 옳다 하는 셋째는 깊은 외로움을 느꼈습니다. 눈앞에서 막내가 고통을 당하고 있는데 어떻게 해도 구해 줄 수 없는 자신이 너무 못나 보였습니다.

어느새 노을이 잔뜩 내려와 하늘이 온통 붉게 달아올랐습니다. 구름들은 포도 색깔을 띠며 화려하게 하늘을 수놓고 있었습니다.

그것을 바라보자 더욱 그리운 마음이 사무쳤습니다.

'으뜸 포도마을의 모든 것이 얼마나 아름답고 좋았던가! 아버지가 지켜 주었던 왕 포도나무는 또 얼마나 생기가 넘쳤던가! 온 마을 사람들이 그렇게 탐낼 만큼 말이다.'

울적해지려는 마음이 들어 자기가 옳다 하는 셋째가 애써 힘을 내어 말했습니다.

"자, 막내야, 내가 다시 힘을 내 볼게……. 있잖아, 막내야. 아버지가 다시 돌아……오라고 말씀하셨어. 그래, 아버지께로 다시 돌아가자."

겁쟁이 막내가 소라 껍데기 안에서 모처럼 들뜬 목소리로 외쳤습니다.

"우아, 우리 이제 집에 가는 거야? 진짜 집으로 가는 거지?"
하면서 희망에 찬 목소리로 확인하듯 말했습니다.

"그럼! 이제 진짜 집으로 돌아갈 거야. 자, 그럼 다시 한번
해 볼까?"

자기가 옳다 하는 셋째가 있는 힘껏 모래에 박혀 있는 소라
껍데기를 향해 돌진했습니다. 그러나 조금도 움직이지 않았
습니다. 다시 몇 번을 굴러 부딪쳤지만 자기가 옳다 하는 셋째
의 살점만 떨어져 나갈 뿐이었습니다. 이제 더 구를 수도, 부
딪칠 수도 없이 힘이 떨어져 버렸습니다. 자기가 옳다 하는 셋
째는 절망에 빠져 숨죽여 흐느꼈지만 겁쟁이 막내에게는 짐
짓 울음을 참고 희망의 말을 건넸습니다.

"미안해, 막내야. 내가 좀 힘이 빠져서 잠깐만 쉬어야겠어.
그래도 모래에 박혀 있던 소라 껍데기가 많이 빠져나왔으니
까 몇 번만 더 힘을 쓰면 될 것 같아. 막내야, 힘내. 힘내자!"

그러자 소라 껍데기 안에서 겁쟁이 막내가 웃으며 말했습니다.

"응, 응, 조금만 쉬고 힘내! 난 겁 안 나. 이제 집에 간다고 생각하니 하나도 겁 안 나!"

자기가 옳다 하는 셋째는 희망에 찬 겁쟁이 막내의 말을 듣자 눈물이 왈칵 쏟아졌습니다. 잠시 후 마음을 가다듬고 말했습니다.

"막내야…… 넌 이제 겁쟁이가 아냐. 이렇게 씩씩한걸……. 이제 겁쟁이라고 부르지 않을게."

"야호!"

겁쟁이 막내가 소라 껍데기 안에서 기쁨의 소리를 질렀습니다. 자기가 옳다 하는 셋째는 정말 자기는 죽어도 좋으니 막내만이라도 집에 돌려보내고 싶다는 생각이 간절해졌습니다.

'아버지…… 모든 게 제 탓이에요. 제 목숨 대신에 막내는 살려 주세요. 제발…… 우리 막내가 집에 돌아갈 수 있게 도와

주세요.'

자기가 옳다 하는 셋째는 간절한 마음으로 마지막 힘을 다해 소라 껍데기를 향해 몸을 굴렸습니다. 그러나 무정하게도 소라 껍데기는 꿈쩍도 하지 않습니다. 마음대로 되지 않자 다시 온몸에서 힘이 빠져 버렸습니다. 이제 겁쟁이 막내를 부를 목소리조차 나오지 않자 절망이 몰려왔습니다.

그때 어른 사람의 소리가 들리더니 갑자기 소라 껍데기를 들어 올렸습니다.

"어머, 이렇게 큰 소라 껍데기가 있었네? 예쁘다!"

그러자 또 다른 여자 사람이 소라 껍데기를 빼앗으며 들뜬 목소리로 말했습니다.

"어머, 예쁘다. 나 좀 줘 봐. 어머, 웬 포도……."

여자 사람이 소라 껍데기를 거꾸로 흔들자 겁쟁이 막내가 툭하고 모래 위로 떨어졌습니다. 자기가 옳다 하는 셋째는 도저히 믿을 수 없어 눈을 비비고 다시 쳐다봤습니다. 겁쟁이 막내가 모래사장 위에 있었습니다.

그런데 소라 껍데기를 거꾸로 쥐고 흔들던 여자 사람이 포도가 떨어지자 포도를 주우며 말했습니다.

"아니…… 사람들이 정말……. 이런 데다 포도를 먹다 버리면 어떻게 하자는 거야? 이런 건 좀 쓰레기통에 갖다 버리면 안 되는 거니?"

하면서 겁쟁이 막내와 자기가 옳다 하는 셋째를 주워 음식물 쓰레기를 모아 놓은 쓰레기통에 던져 버렸습니다.

이렇게 해서 자기가 옳다 하는 셋째와 겁쟁이 막내는 음식물 쓰레기통으로 들어가게 되었습니다.

5. 쓰레기통에 던져진 두 포도

음식물 쓰레기통 안에는 생선 가시, 썩은 양파, 누렇게 변색되어 말라비틀어진 사과 껍질, 귤껍질, 각종 야채와 과일 그리고 거의 먹지 않고 버린 퉁퉁 불은 라면 같은 것들이 가득 들어 있었습니다. 다행이라면, 이미 쓰레기통 안이 거의 꽉 차 있어서 자기가 옳다 하는 셋째와 막내가 쓰레기 맨 위에 던져져 이후에 들어오는 또 다른 음식물에 의해 압사할 염려는 없어 보였어요.

안에선 익힌 음식과 시간이 지난 생채소들의 냄새가 섞여 코를 찡그리게 했습니다. 그런데 이미 둘의 몸에서도 냄새가 나기 시작했어요. 아버지 나무에서 떨어져 나온 지 벌써 이틀째인 데다 신선한 물도 먹지 못하고 심지어 몸을 많이 쓰는 바람에 살도 너덜너덜해졌기 때문이지요.

자기가 옳다 하는 셋째가 한숨을 푹 쉬며 말했습니다.

"있잖아…… 정말 미안해……. 이렇게 될 줄은 몰랐어. 너만은 정말 집으로 돌아가길 바랐는데……."

겁쟁이 아닌 막내가 연한 미소를 지으며 자기가 옳다 하는 셋째를 바라보았습니다.

"아니…… 내가 고마워……. 따라온 것도 나고, 소라 껍데기에 들어간 것도 난데, 뭘. 오히려 날 꺼내 주겠다고 이렇게 몸이 상한 거잖아. 이렇게…… 몸이…… 흑흑."

씩씩하게 애써 미소 짓고 있던 막내가 끝내 울음을 터뜨렸습니다. 자기가 옳다 하는 셋째의 심장이 찢어질 듯 아파 왔습니다. 처음 느끼는 고통이었습니다.

'왜 내 심장이 아플까?'

겁쟁이 아닌 막내가 울면서 말했습니다.

"나 때문에…… 이렇게 몸이 상할 때까지……. 날 위해 이렇게 몸이 상하면서까지 애써 줘서 고마워……. 사랑해."

자기가 옳다 하는 셋째의 심장이 날카로운 송곳에 찔린 듯 아팠지만 서서히 찔린 심장이 따뜻하게 아물어 가는 듯했습니다. 그리고 알아챘습니다.

'이게…… 사랑……인 건가…….'

자기가 옳다 하는 셋째는 막내를 바라봅니다. 처음으로 겁쟁이 막내가 사랑스럽고 귀하게 보였습니다. 왕 포도나무의 포도들 중에서 막내는 유독 사람들을 무서워하고 두려워했습니다. 왜냐하면 사람들이 맨 아래에 있는 겁쟁이 막내를 따려고 늘 호시탐탐 노렸으니까요. 그런데 모두들 그런 막내를 이해하기는커녕 겁쟁이라고 놀리기만 하고, 특히 자기가 옳다 하는 셋째가 막내를 제일 무시하곤 했답니다.

막내가 다시 해맑게 웃으며 이야기합니다.

"그래도 음식물이 많으니까 좀 편안해지네. 이 통 안에 있는 동안은 안심해도 되는 거잖아. 오늘 밤은 푹 잘 수 있겠어. 그렇지?"

겁쟁이 막내가 천진난만하게 웃으며 바라보자 자기가 옳다 하는 셋째도 덩달아 웃으며 "그럼, 그럼." 하고 긍정을 해 버렸습니다. 그러나 자기가 옳다 하는 셋째는 알고 있습니다. 음식물 쓰레기들의 운명을요. 사람들의 세계에선 음식물 쓰레기를 모아 분쇄기로 갈아 동물들에게 사료로 준다는 이야길 들은 적이 있거든요. 포도마을에 있는 돼지 사육장에서 음식물 쓰레기 간 것을 사료로 주는 것을 멀리서나마 본 적도 있습니다.

음식물 쓰레기통에 있는 음식물의 운명을 알기에 기적이 아니고선 살아남을 방법이 없다는 것을 압니다. 그럼에도 불구하고 자기가 옳다 하는 셋째는 다시 한번 간절하게 기적을 바랐습니다. 신기하게도 막내는 편안한 모습으로 잠에 곯아떨어졌습니다. 왕 포도나무에서 늘 잠을 못 자고 두려움에 떨던 겁쟁이 막내가 하루 종일 고생을 해서인지 깊은 잠에 빠진 것을 보며 자기가 옳다 하는 셋째는 잠을 이룰 수가 없었습니다.

자신의 몸을 보니 살점이 많이 떨어져 나가 눈 뜨고 볼 수 없을 정도였습니다. 내일까지 버틸 수 있을까 싶을 정도로 몸이 너덜너덜해졌습니다. 그럼에도 불구하고 끝까지 막내를 지켜 주고 싶다는 생각뿐이었습니다.

'아버지…… 도와주세요. 아버지에게 돌아가고 싶어요.'

그렇게 음식물 쓰레기통 안에서의 밤은 길고 지루하고 안타 깝게 흘러가고 있었습니다.

꼬끼오…….

닭 우는 소리에 잠이 깼습니다. 무슨 즐거운 꿈을 꾸다 일어 난 건지 막내의 얼굴이 환하게 밝습니다.

"좋은 꿈이라도 꿨어?"

막내는 활짝 웃으며 말했습니다.

"응…… 아버지를 봤어. 모두들 그 자리에 그대로 있었어. 아버지가 나를 꽉 껴안아 주셨어. 아버지가 날 안아 주었는 데……."

막내가 들뜬 목소리로 꿈 이야기를 하다가 주변의 음식물 쓰레기들을 보자 순식간에 풀이 죽어 고개를 떨구었습니다.

꿈에서 깨어나니 어제보다 더 시큼하고 불쾌한 냄새가 코를 찔렀습니다.

"아, 냄새……. 숨을 쉴 수가 없네……. 아악, 따가워."

코를 막으며 얼굴을 찌푸리던 막내가 화들짝 놀라 음식물 쓰레기 사이로 고개를 파묻었습니다. 바로 주변에 있던 고등어 가시에 찔려 놀란 것이지요. 그 모습이 귀여워 자기가 옳다 하는 셋째가 막내를 바라보며 미소를 지었습니다. 자신을 처음으로 사랑스러운 눈으로 바라보는 셋째를 보며 막내도 행복해서 웃었습니다.

"어……. 근데…… 많이 아프지?"

이른 아침의 밝은 햇살이 음식물 쓰레기통의 뚜껑 사이를 비집고 들어와 굳이 보고 싶지 않은 쓰레기통 안을 환하게 비춰 주었습니다. 그러자 잔뜩 상해서 늘어져 있는 음식물 사이

로 상한 음식물 못지않게 상해 버린 자기가 옳다 하는 셋째의
모습이 보였습니다. 막내는 그런 모습을 보며 가슴이 먹먹해
져 말을 더 이어 갈 수 없었습니다.

 자기가 옳다 하는 셋째가 갑자기 표정이 어두워지는 막내의

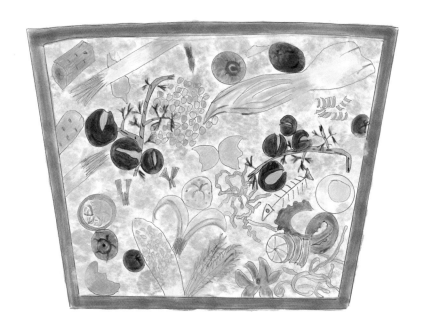

안색을 살피며 말했습니다.

"갑자기 왜 그래? 집에 못 갈까 봐 걱정돼?"

"아니……. 그냥……."

하며 머리를 좌우로 흔들다 고개를 숙여 버렸습니다.

막내는 자기가 옳다 하는 셋째의 몸이 너무 상한 것을 보자 마음이 아파 왔습니다.

막내는 마음속으로 간절히 기도했습니다.

'아버지, 집에 돌아갈 수 있게 해 주세요. 자기가 옳다 하는 셋째가 너무 아파요. 죽을지도 몰라요……. 아버지, 도와주세요…….'

자기가 옳다 하는 셋째는 막내가 갑자기 축 처져 고개를 숙이고 있는 모습을 보자 얼른 기분을 북돋아 줘야 한다는 생각이 들어 일부러 목소리를 높여 노래를 불렀습니다.

"하나 둘 셋, 둘 둘 셋, 아버지 집으로 한 걸음, 또 한 걸음.

하나 둘 셋, 둘 둘 셋, 아버지 집으로 한 순간, 또 한 순간."

"자, 막내야, 우린 이제 집으로 갈 거야. 아버지 집으로 갈 거라고. 포기하면 안 돼. 아버지가 늘 그랬잖아. '내게 붙어 있으면 살 수 있단다……'라고 했던 말씀 기억하지?"

"흑흑…… 으응……."

막내는 자기가 옳다 하는 셋째가 자기에게 용기를 주려고 애쓰는 모습을 보니 더욱 슬펐습니다. 흐느끼는 막내를 보자 자기가 옳다 하는 셋째의 목소리에도 힘이 빠져 갔습니다.

"에이, 뭐야…… 힘 빠지게……. 그러면 다시 겁쟁이라고 부른다……. 얼른 눈물 닦고 나랑 같이 노래하자! 하나 둘 셋, 둘 둘 셋, 아버지 집으로 한 걸음, 또 한 걸음. 하나 둘 셋, 둘 둘 셋, 아버지 집으로 한 순간, 또 한 순간. 흑흑……."

자기가 옳다 하는 셋째의 마음에도 슬픔이 이 끝에서 저 끝까지 차올라 왔습니다. 자기가 옳다 하는 셋째의 목소리에서 점점 힘이 빠져나가면서 몸에서 바람이 새 나가는 것같이 느껴졌습니다.

그때, 멀리서부터 쓰레기통 쪽으로 걸어오는 사람들의 발소리가 들렸습니다. 먼저 온 한 사람이 자기가 옳다 하는 셋째와 막내가 들어 있는 쓰레기통을 살짝 들었다가 거칠게 던지듯 땅에 내려놓고 음식물 쓰레기통의 뚜껑을 열어 안을 들여다보았습니다.

"에잇, 오늘은 왜 이렇게 무거운 거야?"

하더니 얼른 뚜껑을 닫아 버렸어요. 또 다른 사람의 발소리가 멀리에서부터 이쪽 가까이 들리더니 먼저 온 사람이 말했습니다.

"아, 형님! 이게 내용이 실하니 좋네요. 비료로 사용하기에 아주 훌륭해요. 이거 가져가쇼! 내가 양보하리다."

선심 쓰듯 큰 소리로 외치더니 얼른 옆에 있던 다른 음식물 쓰레기통을 가지고 갔습니다. 그러자 나중에 온 사람이 자기가 옳다 하는 셋째와 막내가 들어 있는 통을 번쩍 들어 트럭에 실었습니다.

음식물 쓰레기통을 자동차에 싣는 순간, 막내와 자기가 옳다 하는 셋째의 몸이 다른 음식물들 속으로 파묻혔습니다. 막내와 자기가 옳다 하는 셋째는 서로 아무 말도 하지 않았습니다. 시큼한 냄새를 질펀하게 풍기는 음식물 쓰레기 속에 파묻혀 다시 이리 흔들 저리 흔들 하며 어딘지 모를 곳을 향해 가고 있는 자신들의 처지를 한탄하고 있었습니다. 자기가 옳다 하는 셋째는 이제 모든 것이 끝났다고 직감했습니다. 음식물 쓰레기를 사료로 쓰려고 가져가는 사람의 손에 들어왔으니 이제는 분쇄기에 갈려 죽는구나 하는 생각에 눈물이 솟구쳐 올랐습니다. 그리운 왕 포도나무, 사랑하는 아버지와 우리 형제들을 다시는 못 보고 이렇게 헤어지는구나 하는 생각에 눈물이 멈추지 않았습니다.

　게다가 음식물 쓰레기 틈에 파묻혀 어디 있는지 보이지도 않는 막내까지 자기 때문에 이렇게 죽는구나 생각하니 미안하고 불쌍한 마음에 가슴이 찢어질 듯 고통스러웠습니다. 자기는 죽어 마땅하지만 막내는 철없이 따라왔다가 이런 봉변을 당하게 되었으니까요.

'다시 예전으로 돌아갈 수만 있다면…….'

다시 예전으로 돌아갈 수 있다면 절대 이런 일은 하지 않을 거라고 생각했습니다. 하지만 생각일 뿐이고 이미 저질러진 현실 앞에서 더 이상 아무것도 할 수 없고 아버지 품으로 돌아갈 수도 없다는 절망만 커 보일 뿐이었습니다.

깊은 후회로 하염없이 흐르는 눈물마저도 음식물 쓰레기 속으로 섞여 버리고 트럭의 거친 움직임에 따라 자기가 옳다 하는 셋째와 막내는 이리 흔들, 저리 흔들 하며 몸을 맡길 수밖에 없었습니다.

6. 집으로

냄새나는 음식물 쓰레기통 속에서 꽤 긴 시간을 좌우로 흔들거리며 이동해서인지 막내와 자기가 옳다 하는 셋째는 누구도 말을 꺼내지 않았습니다. 일부러 말을 하지 않은 게 아니라 너무 지쳐서 목소리가 나오지 않았다는 게 맞는 표현일 겁니다. 게다가 아버지 나무에서 떨어져 나온 지 이미 시간이 꽤 흐른 데다 많은 어려움 속에서 자기가 옳다 하는 셋째의 몸은 거의 생명이 남아 있지 않아 보였습니다. 자기가 옳다 하는 셋째 스스로 '나는 이제 더 이상 살 수 없을 것 같다.'는 예감이 들 정도니까요.

한편 트럭에 실려 오는 내내 막내의 소리가 들려오지 않자 자기가 옳다 하는 셋째의 불안은 더 커졌습니다.

"막내야, 막내야, 괜찮니?"

막내는 아무 소리도 내지 않았습니다.

자기가 옳다 하는 셋째가 다시 한번 있는 힘껏 소리를 질렀습니다.

"막내야, 괜찮지?"

그때 아주 힘겨운 목소리로 막내가 대답했습니다.

"으응…… 난 괜찮아."

자기가 옳다 하는 셋째가 안도의 한숨을 쉬며 말했습니다.

"그래, 그래. 잘 했어. 조금만 힘내……."

자기가 옳다 하는 셋째가 막내에게 조금만 힘내라고 얘기했지만 막상 힘을 내면 그다음은 어떻게 할 건지, 다시 아버지에게로 갈 방법도 없어 막막하기만 했습니다. 이제 자기가 옳다 하는 셋째는 숨 쉬는 것도 힘들어지기 시작했습니다. 자기의 생명이 다해 가고 있다는 것을 직감했습니다. 막내는 얼마나 버틸 수 있을지 알 수 없었습니다.

마침내 어지럽도록 빠르고 거칠게 이동하던 트럭이 멈춰 섰습니다. 그리고 운전석에서 문을 열고 내린 사람의 발소리가 들리더니 왁자지껄한 사람들의 소리가 동시에 몰려들었습니다.

"아, 오늘은 좀 늦었네……. 오다가 잠이라도 잔 거야?"

"그래, 우리 꿀꿀이에게 줄 맛있는 것들을 많이 가져왔소?"

사람들은 저마다 무슨 대단한 보물단지를 여는 것처럼 잔뜩 궁금한 표정으로 음식물 쓰레기통의 뚜껑을 열었습니다. 그리고 두 사람이 뚜껑을 열어 놓은 채로 음식물 쓰레기통을 트럭에서 가볍게 내렸습니다.

눈부신 햇살이 음식물 위로 쏟아져 내렸습니다. 자기가 옳다 하는 셋째도, 음식물 속에 파묻혀 있던 막내도 몸을 쑤욱 내밀었습니다.

"오늘은 야채들이 많이 있구먼. 허허허. 우리 집 꿀꿀이들이 아주 좋아 하겠어."라고 하면서 마치 자기가 먹을 것처럼 내려다보며 흐뭇하게 웃는 사람의 얼굴과 목소리가 왠지 낯이 익었습니다.

자기가 옳다 하는 셋째가 있는 힘을 다해 생각을 짜냈습니다.

'누구더라…… 많이 들어 본 목소린데……. 누구지? 귀에 익은데…….'

그때 막내가 소리쳤습니다.

"이장님이야. 이장님이잖아! 우리가 으뜸 포도마을로 돌아왔어!"

자기가 옳다 하는 셋째는 막내의 외침을 듣고도 도저히 믿을 수 없어 온 힘을 다해 눈을 떠 확인해 보고 싶었지만 눈이 떠지지 않았습니다.

그러나 거듭 말하는 나이 든 남자의 목소리는 막내의 말처럼 으뜸 포도마을 이장님의 목소리와 흡사했습니다.

'어떻게…… 어떻게…… 이런 일이.'

막내는 기쁨과 흥분에 넘쳐 소리를 질렀습니다.

"우리가 포도마을로 돌아왔어! 아버지가…… 아버지가…… 우릴 데려온 거야."

자기가 옳다 하는 셋째는 여전히 이 상황이 믿어지지 않았

지만 막내가 힘차게 소리를 지르며 기뻐하는 음성을 들으니
저절로 미소가 지어졌습니다. 하지만 자기가 옳다 하는 셋째
의 몸은 굳은 것처럼 움직여지지 않았습니다. 자기가 옳다 하
는 셋째도 막내처럼 기쁨의 소리를 내고 싶은데 소리가 나오
지 않았습니다.

두 젊은이가 자기가 옳다 하는 셋째와 막내가 들어 있는 음
식물 쓰레기통을 들고 걸어가기 시작했습니다. 몇 미터를 채
못 가 한 사람의 발이 돌부리에 걸려 균형을 잃는 바람에 통
을 놓쳐 버렸습니다. 그 바람에 통 안의 음식물이 길바닥에 쏟
아졌습니다.

막내가 소리쳤습니다.

"얼른 도망가야 해! 얼른!"

막내는 어디에 그런 힘이 남아 있었는지 데굴데굴 구르기
시작했습니다. 그런데 자기가 옳다 하는 셋째가 아무런 대꾸
도 없이 움직이지 않자 막내가 다시 돌아와 자기가 옳다 하는

셋째를 밀어 보았지만 꿈쩍도 하지 않았습니다.

"얼른 일어나……. 이제 집에 왔단 말이야. 저기 바로 앞에 아버지가 있단 말이야……. 얼른 일어나……."

자기가 옳다 하는 셋째의 귀에 막내가 우는 듯 외치는 소리가 들렸지만 몸이 점점 풀어지며 마음대로 움직여지지 않았습니다. 막내가 더욱 애타게 부르짖었습니다.

"아버지, 아버지…… 우리가 돌아왔어요. 우리가 집으로 왔는데…… 아버지에게 갈 수가 없어요. 흑흑……."

전혀 움직이지 않는 자기가 옳다 하는 셋째 옆에서 막내는 울기만 했습니다. 한편 돌부리에 발이 걸려 음식물 쓰레기통을 놓친 젊은 사람이 붉어진 얼굴로 투덜거리며 음식물을 쓸어 담기 위해 걸어오고 있는 것이 보였습니다.

꿈에 그리던 아버지 집에 왔는데, 바로 코앞에 왕 포도나무가 있는데 자기가 옳다 하는 셋째가 전혀 움직이지 않자 막내마저도 그 자리에 퍼져 버렸습니다.

그때였습니다. 순간 부드럽지만 강한 바람이 불어와 자기가
옳다 하는 셋째의 몸을 들어 올리기 시작했습니다.

바람이 자기가 옳다 하는 셋째의 몸을 들어 올리자 막내가 눈을 동그랗게 뜨고 바라보다 자기도 따라서 바람에 몸을 맡겼습니다. 바람은 왕 포도나무 바로 아래까지 막내와 자기가 옳다 하는 셋째를 데려다주었습니다. 바람은 자상하게 자기가 옳다 하는 셋째와 막내를 쓰다듬고는 동쪽을 향해 가던 길을 갔습니다.

막내가 웃는 건지, 우는 건지 큰 소리로 외치기 시작했습니다.

"아버지, 우리가 돌아왔어요. 아버지, 너무 보고 싶었어요. 아버지 잘못했어요. 정말 잘못했어요. 우린 그냥…… 자유롭게 다른 세상을 보고 싶었을 뿐이에요. 근데……."

집에 왔는데도 가만히 누워 있는 자기가 옳다 하는 셋째를 바라보며 막내가 외쳤습니다.

"자기가 옳다 하는 셋째가…… 나를 구하려고 하다가 많이 다쳤어요."

왕 포도나무의 포도 형제와 자매들이 격렬하게 몸을 흔들며 말하기 시작했습니다.

"너희들 때문에 우리가 얼마나 걱정했는지 알아?"

"아버진 주무시지도 않으셨어."

"대체 어디까지 갔다가 어떻게 돌아온 거야? 이야기 좀 해 봐."

"근데…… 자기가 옳다 하는 셋째는 꼴이 왜 저래?"

"설마…… 죽은 거야?"

그때 아버지의 음성이 들렸습니다.

"막내야, 자기가 옳다 하는 셋째야, 잘 왔다. 정말 잘 돌아왔다. 너희 때문에 한숨도 눈을 붙일 수 없었고, 쉴 수도 없었단다. 내가 얘기하지 않았니. 너희는 내게 붙어 있어야 살 수 있다고."

막내가 아버지께 매달렸습니다.

"아버지, 자기가 옳다 하는 셋째를 살려 주세요. 아버지……."

아버지가 온화한 목소리로 자기가 옳다 하는 셋째를 불렀습니다.

"셋째야, 눈을 떠라. 집에 왔다."

그러자 자기가 옳다 하는 셋째가 눈을 떴습니다. 꿈에도 그리웠던 왕 포도나무가 바로 앞에 있고 아버지가 자신을 만지고 있었습니다.

"아버지…… 죄송해요……. 아버지를 떠나서 살아 보고 싶었어요. 하지만…… 이렇게 다시 아버지에게로 돌아와서 너무 기뻐요. 아버지, 절…… 용서해 주실 수 있어요?"

아버지가 부드러운 손으로 자기가 옳다 하는 셋째를 어루만져 주며 말씀하셨습니다.

"그럼, 그럼. 아버진 너희를 미워한 적이 없다. 잘 왔다, 잘 왔어. 너희 둘을 끝까지 놓지 않고 계속 지켜 주고 있었단다. 너와 막내가 다시 돌아오기만을 기다리면서 말이야. 너희가 돌아와 아버진 정말 기쁘구나. 셋째야, 네가 진심으로 막내를 사랑해서 막내를 구하려 한 것도 안다. 막내가 셋째를 구하고 싶어 하는 그 마음도 안다……. 아버지는 너희가 자랑스럽구나.”

자기가 옳다 하는 셋째의 눈에서 눈물이 흘러내렸습니다. 아버지를 우습게 여기며 집을 나갔던 자신들을 주무시지도 않고 계속 지켜 주며 돌아오길 기다리셨다는 아버지의 마음을 이제야 알게 된 것이 안타까웠지만 마음은 말할 수 없이 편안해졌습니다.

아버지가 자기가 옳다 하는 셋째의 몸을 어루만져 주시며 말씀하셨습니다.

“셋째야, 이제 아버지 집에서 편안하게 자거라. 나의 평안을 너에게 주겠다.”

자기가 옳다 하는 셋째는 지금까지 한 번도 가져 보지 못한 편안한 마음을 느꼈습니다. 상처로 인한 육신의 아픔도 잊고 몸도 마음도 날아갈 듯 가벼워지는 것 같았습니다. 그리고 깊

은 잠이 몰려왔습니다. 이 잠에 빠지면 다시는 눈을 못 뜰 것
같은 느낌이 들었지만 셋째는 무섭지 않았습니다. 이제 아버
지 품 안에 있으니까요.

잠에 빠져들어 가기 전, 자기가 옳다 하는 셋째가 나지막이
입술을 움직여 말했습니다.

"아. 버. 지. 사. 랑. 해. 요."

7. 겨울, 그리고 다시 봄

으뜸 포도마을에 겨울이 오면 소란스러웠던 사람들과 자동차 소리는 잠잠해지고 사람들의 왕래가 드물어진 집 마당을 지키는 강아지의 소리와 가끔 날아드는 겨울 철새 소리가 마을의 주된 소리가 됩니다. 그리고 한밤중에 눈 내리는 소리마저 제법 크게 들릴 정도로 천지가 고요해집니다.

겨울 동안 마을 사람들이 재배하는 포도나무들에는 추위와 바람을 견딜 수 있도록 지지대를 설치하지만 왕 포도나무는 지지대가 필요하지 않습니다. 왕 포도나무는 가만히 두었을 때 열매를 가장 많이 맺는 것을 사람들이 경험했기 때문입니다.

그런 왕 포도나무조차도 추운 겨울 동안 앙상하고 메마른 나뭇가지만 남아 있는 것을 보면 전혀 생명을 느낄 수 없습니다. 게다가 눈이라도 내려 왕 포도나무 위에 소복이 쌓이면 혹시라도 나무가 쓰러질까 위태롭게 보이기도 합니다. 그래서 왕 포도나무 마을의 사람들은 "내년 봄엔 힘들 것 같은데."라고 이야기하지만, 봄이 되면 어김없이 왕 포도나무에는 꽃이 피고, 세상에서 가장 풍성한 열매가 열립니다.

겨울 동안 사람들의 눈에는 추위 속에 살 소망이 없어진 나무처럼 보이지만 실제로 겨울나무는 그 어느 계절보다 더 뜨겁게 살아 있습니다. 그 안에는 추위를 견디며 봄에 꽃을 피울 준비를 하는 크고 넓고 깊고 높은 생명이 흐르고 있기 때문입니다.

왕 포도나무의 생명의 근원은 아버지입니다. 그래서 아버지는 추운 겨울, 주무시지도 않고 졸지도 않으시며 찬란한 봄에 꽃을 피울 포도들을 위해 모든 것을 내어 주고 계십니다.

수만 년의 봄에 꽃을 피우고, 수만 년의 여름에 열매를 맺기 위해 수만 년의 겨울을 인내하고 견디며 아버지의 사랑과 생명을 온 뿌리와 가지로 공급하고 계십니다. 그래서 포도송이들이 추운 겨울 동안 편안하게 잠잘 수 있는 것이죠.

포도송이들은 기나긴 시간 동안 깊은 잠에 빠져 있기 때문

에 겨울 동안의 아버지의 열심을 전혀 알지 못합니다. 깨어나
눈을 뜨면 아름다운 계절이 와 있으니까요.

일 년 후, 으뜸 포도마을의 포도나무들마다 푸르고 연한 이 파리들이 나오고 꽃을 피우자 마을이 다시 떠들썩해지며 활기를 찾기 시작합니다.

　왕 포도나무에도 겨우내 잠자고 있던 생명이 연하고 푸른 싹을 틔우고, 꽃을 피우고, 드디어 열매를 맺어 포도송이들이 눈을 뜨기 시작했습니다. 아버지의 부드럽고 활기찬 음성에 포도송이들이 깨어나기 시작하고, 아버지와 연결된 가지를 통해 공급받은 사랑과 생명의 힘으로 지난해보다 더욱 탐스럽고 윤기 나는 모습으로 포도송이들이 태어났습니다.

　막내도 일 년 전보다 더욱 성장한 모습을 드러냈고, 자기가 옳다 하는 셋째가 있던 자리에도 더욱 윤기 있고 성숙한 모습의 셋째가 모습을 드러냈습니다. 이제는 모두가 자기가 옳다 하는 셋째를 사랑이 많은 셋째라고 불렀습니다. 물론 막내에게서는 겁쟁이란 별명을 떼어 내고 용감한 막내라는 새로운 이름으로 부르기 시작했답니다.

에필로그

셋째: 아버지, 우리가 힘들 때 어디 계셨어요?

아버지: 음, 너희가 개 오줌에 빠져 뒹굴고 있을 때 같이 있었지. 고양이한테 잡아먹힐까 봐 떨고 있을 때 강아지를 보내서 너희를 도망치게 한 것도 나였지.

막내: 아, 그런 거였구나!

셋째: 그럼, 막내가 소라 껍데기 속으로 들어가 나오지 못하고 있을 때 사람들을 보낸 것도 아버지셨어요?

아버지: 그렇단다.

막내: 그럼, 저희를 음식물 쓰레기통에 들어가게 하신 것도 아버지였어요?

아버지: 허허…… 그렇단다.

막내: 에이, 왜 하필 음식물 쓰레기통이에요? 얼마나 지저분하고 냄새가 지독했는데요…….

아버지: 흠…… 그래도 그 방법이 너희를 안전하게 집으로 돌아오게 할 수 있는 최선의 방법이었단다.

셋째: 아버지…… 만약에 제가 아버지를 보고 싶어 하지 않고, 집에 돌아올 생각도 안 하고, 그 바닷가에서 놀면서 세월을 보냈어도 저를 사랑하셨을까요?

아버지는 고요한 눈으로 셋째를 바라보시더니 잔잔하지만 또렷하게 한 글자, 한 글자 강조하듯 말씀하셨습니다.

아버지: 나는 너희를 사랑하는 마음을 멈출 수 없단다.
나의 사랑은 변하거나 시드는 것이 아니야.
처음부터 내가 너를 사랑했고, 끝까지 사랑할 거란다.
그래서 네가 돌아오지 않았다면 내가 찾으러 갔을 거야.
그래서 결국 너를 내게로 돌아오게 했을 거란다.